J. LINNE

PROPHÉTIE

LYONNAISE

Prix : 5o Centimes

CHEZ L'AUTEUR

ET CHEZ TOUS LES LIBRAIRES

MARS 188i

PROPHÉTIE

LYONNAISE

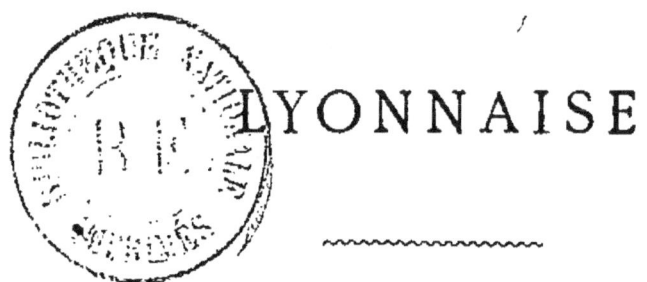

Depuis 1845, je suis en possession d'une prophétie ; depuis cette époque, tous les événements qui se sont passés en France m'avaient été révélés, je les connaissais à l'avance. J'ai suivi de point en point ces indications que Dieu m'a fournies par l'intermédiaire d'une jeune personne qu'il inspirait. Toujours les faits sont venus corroborer les prédictions ; toujours, avec une infaillibilité merveilleuse, se sont accomplies les prophéties de l'Inspirée !

Comment douter désormais de leur authenticité ?

Comment, devant ces révélations frappantes, nier la puissance infinie de l'Éternel ; nier son amour pour la France, qu'il daigne avertir des événements dont elle aura à subir les rigueurs, avant de partager les douceurs d'une pure allégresse, digne récompense accordée par le Tout-Puissant à un peuple destiné à devenir l'élite des nations de la terre ?

Pourquoi Dieu a-t-il accordé à une Humble de la société cette faveur immense de lui révéler l'avenir de son pays ?

Nul ne peut répondre, les secrets desseins de la Providence ne peuvent être pénétrés.

Comment cacherai-je plus longtemps à mon pays la connaissance de son avenir ?

Ne puisant ma force que dans ma conviction profonde d'être utile à la France, de servir ma patrie, je viens offrir à mes concitoyens ce don du Ciel, que j'ai précieusement gardé dans mes souvenirs pendant trente-six années, durant lesquelles j'ai déjà été témoin de toutes les grandes choses que j'ai vu s'effectuer telles que je les attendais, ce qui me donne une foi inébranlable en ce qui doit s'accomplir encore.

Depuis longtemps, j'ai bien certainement compris que le doute accueillerait ces prédictions, et que l'incrédulité et le septicisme ne se résigneraient à croire seulement après l'accomplissement des événements prédits. Je n'en donnerai qu'une preuve : quelques jours avant que le divorce soit porté à la tribune des députés par M. Naquet, bon nombre de personnes affirmaient que la loi passerait à la Chambre, j'étais au contraire persuadé que la loi serait repoussée et j'écrivis dans ce sens à deux journaux bien lus à Lyon, le 6 février, plusieurs jours avant que le divorce soit repoussé, mais ils refusèrent d'insérer ma lettre sous prétexte que c'était une supposition sans bases solides et dès lors manquant d'intérêt. Pourtant, la Chambre fit à la proposition Naquet, l'accueil qu'elle méritait, car elle fut repoussée dès le premier article.

A l'époque où m'était révélée cette prophétie, qui aurait songé que Louis-Philippe Ier, jouissant alors de la plénitude de sa puissance et semblant assurer pour des années innombrables la possession du trône de France à sa postérité, qui aurait songé, dis-je, que je savais qu'il ne devait régner que dix-sept ans et quelques mois, mais qu'il ne règnerait pas dix-huit ans, et qu'après lui la République serait proclamée, et que Louis-Napoléon, neveu de Napoléon Ier, en serait nommé le président, et, qu'étant sur le point de finir son mandat de président, il se nommerait lui-même empereur dans un deux, et dans un double-deux il se ferait sanctionner par le peuple par *oui* ou *non*, mais que les *oui* emporteraient. En effet, le 2 décembre 1852, il se faisait empereur et le 22, il a fait voter le peuple par *oui* ou *non*, et huit millions de suffrages le proclamèrent empereur.

Pour se marier, je savais qu'il ferait demander la main de toutes les princesses d'Europe, mais que pas une ne lui serait accordée, et qu'il serait obligé d'épouser une orpheline de petit nom et de basse condition dont il aurait un fils qui ne règnerait jamais.

Napoléon III devait régner vingt ans, tant président qu'empereur, mais il ne devait pas dépasser la vingt-unième année et devait tomber lorsque la guerre serait déclarée sur le Rhin, alors la dynastie des Napoléons est finie, telle est la prédiction pour Napoléon III et sa race.

Voici l'énumération des événements qui doivent marquer les années 1881 et 1882. Je réserve pour une seconde édition la suite de ma prophétie, en ce qui concerne les années suivantes, qui seront plus fertiles encore en événements grandioses et tragiques, mais après les déceptions et les épreuves terribles en événements, surtout réparateurs et bienfaisants, non seulement pour la France, mais pour l'Europe entière.

A ceux qui croient que nous sommes en République, je dirai :

Non, nous ne sommes pas en République. — Qu'ont-ils fait ceux qui nous gouvernent ?

Rien, à côté de ce qui leur reste à faire. Nous sommes sous le règne des Libres-Penseurs ; et dans ce mot, que je prends dans sa mauvaise acception, je veux dire sous le règne de ceux qui ne croient à rien, ils n'ont même pas foi en l'avenir brillant de ce peuple destiné à de glorieux événements (dont je parlerai dans ma seconde édition), de ce peuple qu'il flatte pour se maintenir au pouvoir comme ils l'ont flatté pour y arriver. Leurs décrets d'expulsion des Jésuites et autres congrégations n'ont pas reçu l'accomplissement du résultat qui leur est réservé.

Et je vous le prédis : toutes les congrégations d'hommes et de femmes doivent disparaître. Leurs biens seront confisqués au profit de l'État qui s'en servira pour de bonnes œuvres : Secourir les vieillards, venir en aide aux malheureux, ou les utiliser pour la conservation de la société en les appropriant pour des hospices, des orphelinats et autres maisons de bienfaisance ou d'éducation.

Les costumes de tous les différents ordres religieux, moins celui des prêtres séculiers devant disparaître, les personnes qui sont consacrées à des œuvres hospitalières abandonneront leur costume et continueront l'œuvre à laquelle elles se sont vouées.

Le Clergé séculier uniquement renfermé dans son ministère d'apôtre de la foi en Jésus-Christ, acquerra une influence morale bien supérieure à celle qu'il a maintenant, cette influence il la puisera dans le respect dont il sera entouré.

Lui seul est le vrai représentant de Dieu sur la terre, et comme tel il sera considéré dans l'avenir.

Toutes les religions autres que la religion catholique, basée sur les maximes de la divine morale du Christ, disparaîtront. Seul, le Clergé séculier catholique survivra ; dès lors les prêtres auront le droit de se marier. Le célibat forcé des prêtres, cette infamie contraire à toutes les lois physiques de la nature, à toutes les règles de la saine morale, doit disparaître pour faire place au mariage, qui loin de diminuer le prestige du prêtre ne fera que l'accroître. Pour se marier le prêtre devra comme l'officier prendre une certaine dot.

Le service militaire ne sera jamais exigé. La séparation de l'Église et de l'État ne sera jamais prononcée. Le Clergé sera toujours salarié par l'État ; toutefois, le traitement des prêtres sera en rapport avec l'humilité chrétienne dans laquelle ils doivent vivre. Comme conséquence du salaire qui leur sera octroyé, ils devront faire gratuitement les enterrements, les baptêmes et les mariages ; cependant un luxe exagéré donnera lieu à rémunération.

Soumis à des lois sévères, rigoureuses, le prêtre sera un fonctionnaire de l'État, auquel il devra le respect qui lui est dû.

Voilà ce qui doit arriver sous la vraie République. Mais quand serons-nous en vraie République?

Je vous le disais : Nous sommes sous le règne des Libres-Penseurs, ce règne a sa raison d'être pour préparer les voies, et doit nécessairement remplir la mission pour laquélle il a été appelé au pouvoir ; son rôle n'est pas achevé, il doit donc accomplir sa tâche.

Un cataclysme épouvantable signalera la transition, cependant il n'y aura pas de guerre civile. Le peuple de Paris se couchera le soir bien tranquille et se lèvera le lendemain avec une idée unique dans tous les esprits, et sans aucune entente, il se portera en masse et sans armes, sous le balcon du monument où sera l'autorité, et là, sans avoir la moindre intention à la guerre civile, ni désordre, il demandera le changement de gouvernement, et il proposera successivement pour être portés au pouvoir, quatre gouvernements qui seront en présence : les Impérialistes, les Orléans et Henri V, pour établir ensuite la vraie République qui rendra le peuple heureux.

La République définitive, mais la République sage, prévoyante et équitable, ne peut être établie en France, qu'après que les divers partis monarchiques seront passés sur le trône, afin qu'elle ne soit plus à l'avenir inquiétée par les divisions intestines des partis qui agitent si souvent les États, dont plusieurs prétendants convoitent le pouvoir.

Voici dans quel ordre se passeront ces faits :

Le parti bonapartiste sera présenté, mais il n'aura pas de succès; bientôt ce parti sera abandonné pour faire place aux Orléans dans la personne du Comte de Paris qui sera proclamé roi, car cet honneur lui revient de droit, dit la prophétie, et il lui sera réservé; mais son règne sera de courte durée et la branche des Orléans ayant alors fait sa dernière apparition sur le trône de France, sa dynastie sera à tout jamais finie.

Henri V arrive à son tour ; il n'a pas d'enfants parce que, étant le dernier des rois qu'il veut voir sur le trône de France, Dieu lui refuse cette faveur.

Il ne faut pas qu'il ait d'héritiers pour lui succéder, puisqu'il sera le dernier des rois de France.

Ces faits paraîtront bien étranges à beaucoup de personnes, mais ici peut s'appliquer ce vieux proverbe de la volonté de l'homme, comparativement aux décrets immuables de la puissance infinie : « *L'homme propose et Dieu dispose,* » et, comme il a décrété la transformation de la société, les hommes sont impuissants à en arrêter le cours.

Le règne d'Henri V qui représentera celui d'Henri IV, dit la poule-au-pot, et qui sera un roi pacifique, tombera néanmoins sans avoir le temps nécessaire pour faire apprécier ses bons procédés, mais il ne peut mourir sans mourir roi de France.

Pendant ces changements de gouvernements,

Lyon restera trois jours sans recevoir des nouvelles de Paris.

Le peuple alors installera d'une façon définitive la vraie République.

En ce temps l'argent deviendra très rare, les capitalistes cacheront le numéraire ; cela ne durera pas longtemps, la confiance sera bientôt rétablie, mais on sera nécessairement obligé de donner cours forcé au papier-monnaie.

A Lyon, toutes les statues de bronze, même la statue de Louis XIV, sur la place Bellecour, seront renversées. On se servira du bronze pour fabriquer de la monnaie que l'on distribuera aux pauvres.

Toutes les statues représentant la royauté seront détruites. Seule la statue d'Henri IV sur la façade de l'Hôtel-de-Ville sera conservée, pour ne pas détruire l'harmonie de l'architecture du monument.

De toutes les banques, seule la Banque de France résistera à cette crise sans exemple.

Une grande épidémie causera une mortalité

effrayante ; les prêtres conduisant les enterrements, on en verra qui conduiront quatre convois ensemble.

Donc, et pour résumer :

1° Dispersion des Congrégations religieuses, hommes et femmes ;

2° Mariage des Prêtres ;

3° Le Service militaire ne sera pas exigé pour les Prêtres ;

4° La Séparation de l'Église et de l'État ne sera jamais prononcée ;

5° Chute du Gouvernement actuel ;

6° Proposition des Impérialistes ;

7° Avénement du Comte de Paris ;

8° Avénement d'Henri V ;

9° Avénement de la République définitive ;

10° Une Épidémie terrible ;

11° Jamais le Divorce n'existera en France.

Quelques mots en finissant sur l'Italie, cette sœur de la France, pour les idées généreuses qui l'inspirent et le besoin d'affranchissement qu'elle ressent.

Son unité est faite : la France y a puissamment contribué, les circonstances ont achevé l'œuvre, mais, au-dessus de tout, plane la puissance d'un homme qui n'a cessé de combattre pour son unité, pour sa liberté : Garibaldi. Son œuvre qui paraît terminée est loin de l'être : avant de mourir et comme pour terminer sa carrière, il doit faire un appel aux hommes de toutes nations, portés de bonne volonté à le suivre, et entrer dans Rome l'épée à la main à la tête de ses troupes, lui et les siens, en chasser le Pape et renverser le pouvoir monarchique pour établir en Italie la République.

Le Pape sera reçu par la France, qui l'installera provisoirement à Avignon, dans l'ancien palais des papes.

Garibaldi ne peut mourir sans détruire Rome et après avoir donné à son pays la République, il pourra mourir en paix : son œuvre sera accomplie.

Dans une seconde brochure, suite de cette première, après l'accomplissement de tous les événements qui précèdent, je révélerai toutes les catastrophes et changements incroyables qui s'accompliront plus tard ; car le récit de ces étranges vicissitudes, révélé maintenant, ne rencontrerait partout que l'incrédulité et l'ironie.

Je dirai également le lieu où le palais du Pape sera construit.

La destinée réserve au peuple de Paris l'honneur de l'initiative de tous ces événements et de terminer le règne des rois pour établir la République modèle, parce que Paris est la capitale ; mais Lyon, seconde ville de France, aura des événements qui l'élèveront à un honneur bien plus grand, dont je donnerai les détails dans ma seconde édition et où je parlerai de la destinée même de l'Europe entière.

Lyon, le 10 mars 1881.

FIN

97

LYON, IMP. ALRICY, COURS LAFAYETTE, 5

EN VENTE CHEZ L'AUTEUR

5, PLACE DU GOUVERNEMENT

A LYON

LYON, IMP. ALRICY